歌集
銀波

大谷多加子

砂子屋書房

＊目次

装本・倉本　修

歌集

銀　波

朝まずめ夕まずめ

朝まずめ夕まずめどきわが眼閉じいるだけで未来の見ゆる

夏のおわり秋の入りとうゆきあいの襞なめらかな汐の感傷

午睡せる潮刻ありて入りうみの力を抜ける白き羽の帆

喧騒の夏をシュールに潜りきし重さ軽さのなきしじみ蝶

聞く側の耳に手を当て遠き日の海鳴りを聞く君の横顔

撒水の石の窪みにきてとまる蜻蛉釣りしむかしのとんぼ

白日を一気に呑みて身の丈の腹太りたり晩夏の蜥蜴

鉢ものに縋れるままの空蟬にホースの水が、あ、あ、あと避ける

この夏の水の記憶にとどまれりはっきりあおい目だまのとんぼ

カルディアの星

胸少し開けて迎える七十の坂にあかるむ野火のせつなし

乗り降りのひとなく三分停車せる「根雨」駅過ぎてひとりを恋うる

ハードルを下げてときの間活気づく七十代のつくつくぼうし

カルディアの星座の起原「天に住む羊の群」ぞと星のかがやく

天に住む群れを羊と信じいしカルディアの星は万華鏡なり

夜勤のわれケアハウスの屋上にひとりで仰ぐカルディアの星

この夏のしおからとんぼ鬼やんまスライドされて過るあきあかね

年月ははなだいろせり透きとおる「夜明けのスキャット」その息の尾も

「哀愁の月曜日《マンディ》」「ブルーマンディ」にギアは要らぬ年金暮らし

父子草

つゆじものの地にぺったりと父子草その銀の小葉冬越しに入る

ふゆぞらのゆきあう風に手を伸べて小さな拳のミモザのつぼみ

体育館予定地となる風の日の野外広場に凧あがりおり

子等揚ぐる凧にぐいぐい手繰らるる今年限りの広場の空が

その父とその母それを眺めいるわれに幼の凧あがりたり

散歩道馴染の犬に尾をふられ今年はじめの媚びをかえせり

讃岐から阿波の尾根みち越えゆけり寒桜さく箸蔵寺まで

おおいなる錫杖掲ぐる高越寺《こうつざん》塔つややかに冬陽弾ける

手習いの紫紺の墨の文字燃《く》べる少女たりしままの左義長

この山のミモザの咲けばわたくしがあたしにかわる島っ子になり

ヒメサユリ

今日の糧明日の糧を背に負える重きリュックはわたくしの糧

明け方のシュラーフに覚めるふたひらの耳があつめている山の音

ヒメサユリ君が目当てにみちのくの残雪のぼり鎖場のぼる

運動性言語野ひりひり春蟬の鳴ける樹林の深まるなかに

頂上より遅るるわれに「無理するな」八十ちかき人の声上ぐ

前のめり後ずさりなど繰り返す横行《おうぎょう》なる足わが山のぼり

中空のあおより生まれ目に増ゆるあかみ帯びたる五龍《ごりゅう》岳のとんぼ

山岳部員たりし彼との糸電話歳月繋ぎしままの山あり

立ち帰る吾の背後にはやりおの胸ひからせる山の八分目

民宿まで登山帽子に付ききたる負蝗虫《おんぶばった》を草に戻せり

野の梅

巡回のバスの「きらり小豆島」ふと乗り込みぬ何処へ行くとなく

見えかくれしていた家がすっぽりと緑のなかに閉じ込めらるる

みずうみに見えて下ればいりうみの浜に一羽の鵜が佇める
しずかなる感傷のいろ汐の面に時のとどまることに薄暮は
音もなく数十匹を殺めたり耕す土に混じれるみみず

人の手に渡った家を諾えず「島に帰りたい」姉の言いくる

「小豆島中央高校」統合の名前に母校の抜け殻となる

あちこちのつつじの山の削らるる東西にのびる高校通学路

入り江より風吹き抜くる痩せし里に根をはりゆかん新たな校舎

雛飾るホームに活ける野の梅に顔寄せて言う「ほんまもんがええ」

虫送り

海狸鼠《かいりねずみ》ヌートリアの出没に熱くなりたりひとも野菜も

瓜、西瓜太れる日々をヌートリア捕獲のカルチャーを受講する夫

山の辺の新興住宅にぎにぎし溝の掃除に親子総出で

二人して一人役のわが家なり溝の汚泥を時かけ掬う

虫塚を浄めし種火移さるる虫送りの子の火手《ほて》から火手に

スカンポを手折る今しかないなどということもなくゆるやかな老い

ピリ辛の大根おろし二人まえ半夏の手作りうどんに添うる

太く長く短くもあり九十の媼の仕切る半夏のうどん

銀の穂のつばながともに靡きつつわがおきざりしことばこぼせり

梅雨明けメール

微に入り細に入る三月透かしいるこんなに貌をミモザによせて

高揚の呼気も吸気も刻まるる万歩計なりミモザ咲きたり

坂の上のカーブの鼻のミモザ大樹すっくとわれにかたぶき揺るる

頂上の芝に密生チチコグサ起伏の銀葉てらいのなくて

さみどりの風吹きぬくる聖五月初期化のままの脳《なずき》ふくらむ

桐咲けば四十年の歳月がうすむらさきにけぶるれる実家

その後のことまで話しあうはずの実家の墓地が有耶無耶になる

ハリエンジュ、エニシダ、ノイバラ咲く花が一体となる山聖五月

里山を下りて増ゆる中空のとんぼがくばる梅雨明けメール

ジュウニヒトエ

吐息つく気配に灰色ぎんいろに立ちあがる花ジュウニヒトエは

登山口近くの家の犬の声いつごろからか鳴き声聞かず

離りゆく若ものたちの振り向かぬ島の丘の辺ミモザ咲きたり

醬油屋の大樽乱打す在校生島離《さか》りゆく卒業生に

ミモザ咲く下をくぐれるペンションの「チェレステ・小豆島」看板のよし

古木なるミモザ大樹その枝を左右にのばす「春」一文字

早咲きの桜咲きたり岬鼻に昼を点れる地蔵埼灯台

「二十四の瞳」のロケ地二代目の桜が丘をもりあげ咲ける

山あいに忘れられいるさくら森そのしずけさに一人を容れる

ジャングルジムそのてっぺんで手を振れるおのこご囲み応えいる花

枝伸ばし咲けるさくらににんまりと坐れる地蔵が被写体になる

桜月夜

手こずれる最新式のパソコンに桜月夜の晶子うるわし

パソコンの新旧ふたつ並べおきデータを移す秘め事もなく

うすらかな羽根をためる鳥のごとおにぎり食ぶる桜のしたに

鉢合すひととの遠き歳月がゆるがずこぼれず桜咲きみつ

花咲けばふんわりふくらむ深谷のなだりの桜を足下にながむ

本音とは裡に吊るせる花ぼんぼり夜のくだちに火照りてゆるる

顔合わせのように坐れる二人組三人組みおり花の公園

朝桜午睡のさくら夕ざくらさくらさくら森の守人になる

さくら咲く年年歳歳島ぬちをふうらりふらりまた齢をとる

山の桜里のさくらと花食いの小鳥が天ゆこぼせるひかり

抱きたるみどりごと共に触れながら私が祖母よと花につぶやく

海霧

やまつつじほこらほこら咲き初むる黙っていても笑みいるように

休眠の山の台地をひびかせて電柱三基工事はじまる

野放しに増ゆる生きもの出没す山から里に人のちかくに

炭焼きの跡も山田も昭和期にタイムスリップす栗咲きたれば

今すぐに暮らせるような台所用品透ける廃居の窓辺

やわらかなもの言いだけの説得に疲るるまわたのような海霧

展望台宙にうかべるその十方うごかぬ濃霧空寂《くうじゃく》空寂《くうじゃく》

足元が見えいればよし海霧をすっぱぬきつつ自転車を漕ぐ

おきざりにされたるままに俯ける霧の一日を靡かぬつばな

火屋のようなまあたたかき海霧に慣れいる日々に安堵感少し

エゾルリトラノオ

アイヌ語の「水垢多い」に由来せるここトムラウシを這いずりあるく

雪解けのエメラルドブルーの沼のみず山のカムイが湛えたるいろ

えぞこざくら緋のいろともれる岩陰のかたえを浸す雪解けのみず

ようこんな山の奥まできたものだ五人の鈴に熊の眼がいう

沢靴に替えたる徒渉の糠平川ひかる流れに圧倒さるる

風の色刷きたるように吹かれいるここ幌尻のエゾルリトラノオ

整備なき日高山系奥深し息をころせるカムイがいます

だらりだらり林道あるきの二時間半鈴を鳴らせりひぐま居らぬか

われら五人のヘッドランプに林道の前方暗きにうごく金の眼

金の眼

雛を守る青葉梟に湯舟山森のまほらはただ沈黙中

高枝の青葉梟の隙のなき金の眼じっとかたまりおりぬ

平成の鎮守の森はあかるくて遊具がいつも子どもを待てる

「化け池」のほとりにカキラン咲くころか水無月に入るこのわくわく感

皮膚のしたいまだ湿れるところより汲める若さを七十という

時鳥初鳴く声にふたりとも耳ひくひくと目をあわせおり

垂れさがる莢の実自在にふりこぼすミモザはすこしみだらになりぬ

午睡せる死者のほとりのハルシャギク墓石にふれて蝶あそばせる

オオムラサキ肩にとまらせ園内の生から死までの飼育を語る

ホロムイソウ

一度は覚えしはずの名の出でずほろほろゆうべを咲くホロムイソウ

湿原を聖地となせるミズバショウ熊出る夜も無防備に咲く

不確かなうつつの終点とどめいん尾瀬ヶ原のそこまで歩こう

沈滞の翳りうごかぬ水沿いのあやうし水はひかる鏡に

燧岳《ひうちだけ》逆さに写る水の面に水無月山の雪解け出づる

執拗《しつよう》にまとわりつきくる大群のブヨに大負けクマザサのなか

防虫網すっぽり被ればどうみてもお尋ねもののくたびれおみな

風船のようなリュックのふくらみがしゅるる萎める汐の香ぬけて

気がかりのひとつを終日霧らうなか置きざりにせりもう忘れよう

オリーブのはな

オリーブの咲き初め重たき枝の間の五月尽の空が蒸しおり

花咲けるオリーブ通りに街灯の点れば行き交う人は旅人

震災の空をかなしむオリーブが返上したる「オリーブまつり」

くろしおに捕れたる魚を食みいつつニュースに聞ける北の震災

オリーブの花咲くころはひと想う散骨されてはや十五年

パソコンの第二メールのパスワード「平和と知恵」のOLIVEにせり

水無月はふるさと水田に沿うこころ遠く匂える水恋うるなり

颪のシーツ

今生の別れとなりて発信すシャメールに咲かす君のミモザを

しみじみと君との距離を透かしいる感傷とは別ミモザの下に

今生の別れふうわり覆いたりベランダに干す風のシーツが

いのししが荒らせる跡に枝伸べてネムの咲きたりだらだら坂に

おしろいの花、へくそかずらが咲いていている実家の墓はむかしのまんま

二代目の育たぬ盆の棚経僧馴染めぬままに来りて去りぬ

舗装路避け旧のだらだら道めぐる墓参によろめくふたりの姉と

「守る守れない」三人よれば木阿弥の存在だけがにがい盆の日

盆菓子のお供え下げたるそのままの盆のかたちが残る食卓

マウナ・ケア

マウナ・ケア標高四千二百五の詰めにふらつく最後の一歩

帳尻の合うような生き方を聞きつつ登るマウナ・ケア

街灯も人工光も無縁なるマウナ・ケアは星を観る山

高山の気圧になじみ皺っぽい頬がふくらむよろこぶべきか

少女期の瞳になって待っている落ちてくるやもしれない星を

海に沿う店に試着すアロハシャツⓈサイズわれにまだ大きくて

噴煙のキラウエイ・イキのクレーター魅かれるようにうつしみの踏む

マウナ・ケアすばる天文観測所宇宙の星を美しくする

飛べざるを忘るるわれと飛ぶことを忘るるハワイガンとのちがい

縦走

夏枯れの葉のなきままのナナカマド真っ赤なる実のその存在感

天上より刷毛の下ろされ一変す紅葉のいろが雪の穂高に

登山着の雑魚寝がつづく四日目のヒュッテに眠るけもののように

魔法瓶に汲みし山の湧水が逃げ水のよう体にしみる

岩つかみ這うて登れる無ざまなる生き方強いる強いられている

ふくふくと雲の湧きくる中空に浮かぶようなるまるごとのわれ

山頂のうちでの小槌にすこしずつ小さなちいさな私になる

縦走の途次にふいと現わるる穂高も槍もぐいと引きよす

あな小さな穴から湧き出で千曲川源流となる水のつつまし

源流の滴る水に潤える岩にはりつくイワレンゲの花

下りきて振り返るとき精悍な拳の山ぞ甲武信《こぶし》ケ《が》岳《だけ》は

このあたり森林限界からまつの草木の丈が紅葉まとう

登るほかなき荒涼のガレ場より近くに見えて遠退く浅間

日本海までを見よとぞ裾引ける鳥海山のはつなつの雪

霊山を登れるひとの装備なき白装束はひょいひょいのぼる

ヤッコソウ

「すだじいのヤッコソウを観に来よ」と糸電話のような声流しくる

足摺の岬より流れし実にあらず沖の島みちふうわりあるく

此処に住み強くなったという友と一年ぶりに鍋を囲みぬ

行きどまりまでの海沿い往きもどるもぬけのようなひとすじの道

百人に満たぬ世界に生きているここ「沖の島」を出でざるひとら

だれかれの暮らしの中に生きている島人われもわが島出でず

夜のカーテン引かず点さず汐の香に眠りほうけるわれかもしれず

小正月

あから引く朝の陽射しが岬より伸びくる入り江年あらたまる

年明けの午前七時十五分変らざる身が日の出に染まる

年明けの日の出に向けばうすらかな胸にほっかり種火生まるる

羽たたみ胸ふくらます鳥のよう年明けのひかりまなぶたに受く

わが島の星ヶ城山に鎮坐せる二神に詣でる初登りなり

あらたまの年の初めの鐘の音トレーニングの胸にひびける

きみどりの莟宿せる年明けのミモザがもっとも近き存在

三ケ日過ぎて老若こもごもに女正月せんと集えり

ゆきひらに小豆ふつふつふっくらと煮ゆるにおいを小正月という

まやかしのように集まり離りゆく七草粥はふだんのふたり

初買に電子手帳を買い替うる淋しくなきよう音声入りを

低速ジュース

爪先をたてて物取る夫の背を見ていつ老いのその裏側を

電話に出ずチャイム聞こえぬ夫の居て家に鍵挿す外出の度に

年期ものと磨いて呉るる眼鏡屋にまだ世がみえていることをいう

「もう最後のあがきかそれで」隣室を覗けばひとり将棋指しおり

キリスト教天理のチラシ紛れ混む入院中の郵便受けに

りんごふたつ人参はんぶん混ぜ合わす二人分の低速ジュース

糖分はダメ塩分はダメなどとお茶をなししは二十日ほどまえ

同い年ただなつかしく頒ちあいし海を隔つる歳月の友

雲の平

うつうつとまどろみ覚めてまた山の風にまどろむ深夜のヒュッテ

「ほら鳴いた」駒がヒヒーンこまどりが金峰山の樹林のなかに

瑞牆《みずがき》とう山のひびきに惹かれきて鋸岩や奇岩に出会う

ゆき処なかりし水が象るを池塘とよべる広き湿原

あこがれの「雲の平」はからっぽの青空がありその下あるく

ハイマツの下に拾える雷鳥の雛の一毛を手帳にはさむ

酔う男の多弁聞きつつ山小屋のストーブに炙る半生ほっけ

かぶりつき山女を食ぶる口もとを互みに汚す山女たち

何れかの山で出会った人の声ルアーのようなりわれは寄りゆく

七十のバランス見られいるごとし急登つづきの眼をもつ岩に

だれかれの言葉を反芻する登りそれが励みの力なるべし

覚えなき腕や脚のうすむらさき打ち身痕ありシャワーを浴ぶる

冬のいちじく

彫金のイニシァルいり郵便受け残ししままの売り物件の家

犬小屋に砂場、大木のやまぼうし馴染めるものみな無くなりし庭

人住まぬ家また増ゆるこのあたりあなじ吹き込む家のあなぼこ

雲の間をひかり射しくる沖あいのほうと冬の表情をせり

はじめから何もなかったかのように剪られ動じぬ冬のいちじく

咲くもあり終えたるもありつぶつぶの枇杷の小花に霰のはじく

天地替えくろき土によりきたるひもじき鳥のひとを恐れず

耕せる鍬が音なく断ちきれる頭と尻のわからぬみみず

どんど

ひとつ灯が点れるだけの浮き桟橋軋める音に夜がふかまる

補助金の枠が増すとう離島とぞコラムに読みぬわが島　離島

「おお生きていたのか」五月ぶり出合いがしらに尾をふれる犬

触れて消ゆる風花に鼻ぬれている老いたる犬の上向きの眼も

ふるさとのどんど祭の猛る火に赦しくだされ「古稀」を燃《く》べたり

削られし山の斜面を吹きつける土に生えたる冬のガガイモ

防護網打ち込む男が赤土のむき出る斜面の縁を動ける

ヒメムカシヨモギ、アレチノギク枯るる世代交代花架の吹かれて

胸焦がすブーメランのうたひとつめくるめく日の胸くぐりくる

一杯に潮の香も詰め込まれふくらむリュック十キロほどが

純白コショウ

「羊が百」数えいし日のうつくしく終の羊が眠りを誘う

下刷りの羊を版画に彫りすすむ宙の野原に遊ばせながら

草に死すオグリキャップのまぼろしがわれを退くわれの午年

オグリキャップ逝きて七年わが泣きしは北岳肩の山小屋だった

はだらなすゆきに湿れる生きものの山のあるじの糞を跨ぎぬ

わが島の雪を被れる寒霞渓沈丁花科の純白コショウ

身にちかきひとの旅立つ鈴の音に付いてゆけない黄泉平坂

改修を終えしばかりの滑り台冬将軍に子供ら寄らず

スタンバイしているミモザに容赦なし数年ぶりの雪ふりそそぐ

ロープウエイの冬の腹が頭をこえるとりとめもなき時間を乗せて

刻まれし石の韻律消えそうな文字をなぞれる冬の風の手

ゆきやま――石鎚山

眠り初むる山が夢のなかにいるふんわりふわり嵩なす雪に
シャッターの手元くるわす枝の雪ツイーとこぼせる朱いろの腹が

ばっさりと梢の雪をふりおとすときの愉悦にひそやかなる木

雪やまのかなたへ遠く消え失せるまぼろしのひと恋いのひとりぞ

ここの樹氷見納めなどとおもうまじ足元かためしばし眺むる

努力では縮まらぬ差があるだろう吹雪のあとの樹氷かがやく

誰ぞいう今年限りの雪やまをおおかみ山姥は肩で息せり

無菌室のような明るさ雪原のまっただなかにわれ能天気

雪しまく小半時をたちまちに森が消さるる変幻自在に

こうこうたる雪の林に残しおりほっこりくぼむテンのあしあと

ゴーグルを外せるときの浮遊感雪原のなか足だけが立つ

雪山の正念場なるトラバース一秒が一秒をころせる

ラッセルとうひびきはかろし膝上の雪におよげる無様なくだり

「よくぞまあ懲りないものだ」いくたびも自問自答す雪しまきつつ

サクサクと山の雪を踏みしむるめくるめく日の白秋のうた

ギフチョウ

まぼろしのギフチョウに恋をしてのぼる神話の大江高山

尋ねきて「春の女神」ギフチョウに会う喜びにシャメールのあり

棲息の大江高山ギフチョウのここ限定の羽のうつくし

草木を分け入り歩む風のなか眼中みどりのなみだ溢るる

はしなくも春の雪にまみれつつ神話の三瓶山《さんべさん》にあそびぬ

孫三瓶、女三瓶、男三瓶、子三瓶の縦走をせりわが誕生日

三人の両腕ひろげてまだ足りぬままに抱ける橅の老木

地下ふかく螺旋階段くだりきて埋没林の地層見上ぐる

山ほとの草生のベンチだれも居ずタンポポの絮そこここにあり

背後よりぬっと日のでるのぼり坂すかさずわれの影が先だつ

スーパームーン

海沿いのホームのガラス磨かるる潮の香を吸いたるように

海に沿うケアハウスの三十の部屋が待ちおりスーパームーン

対岸の岬やま染めて「今」という時もろともに現わるる月

海を染め上がるスーパームーン観るひとりホームの屋上に佇ち

ケアハウスの個室に慣れず夜勤者の部屋をうかがい覗きゆくひと

「眠れる森」のなかに音たてひそみいるケアハウスの槽の金魚ら

眠らない槽の金魚をガラスごしコツリ突けり夜勤の合間

退所せる戸に残されてぶら下がる目印用のパンダの人形

退所ひとり金魚いっぴき減るほかは申し送りなきホームの夜勤

持ち込みのホームのロビーの蕗の薹、土筆が夜のあわき灯まとう

ゆるやかに茫とめぐりの春きざす私がわたしのなかよりぬけて

もえぎいろ

やわらかき別れと思うもえぎいろただなかに坐す四月朔日

うらやまを上れる足の変若《おち》かえるあかから射しくるあさのひかりに

四月朔日飛行機雲がぐんぐんと「そりゃきみまっすぐだよ」空を裂きゆく

上りきてほうとひらける頂のくさ萌えに問う今日は何の日

咲《えま》う古人《いにしえびと》のよきことば供華に咲きたるやまざくらばな

帽ふかく眼鏡の奥に笑いいし記憶に咲けるやまざくらばな

モザイクのかけられなくてそのままのわたしはミモザに見守られいる

ぐじゃぐじゃの未熟さそれもいいなどと言いくれしこと大切に持つ

いろ褪せしこころの襞に陽光の紅刷きくるる傾斜のさくら

岐路に坐す地蔵にはべるホトケノザ、ムシカリ、タンポポ序列もたざり

捏ねすぎし言の葉ラップにねかせつつ明日へとつなぐ四月朔日

山椒

にわとりも雉も鳴かざる初明けを今年の午が耳そばだてる

「もうだめね」ぽつり言いたり一日中氷雨の沁みることばのように

まぼろしのホワイトアウトの雪のなかこちらこちらと山下真須子

何もかも人に先立ちなし終えし三十年の詰まる遺歌集

ワサビをぎゅ効かせて食ぶるさんにんが喋らずじまい弔いのあと

死の前をことこまやかに遺したる友の声音がいまもつきくる

生姜ぴりりほどよく舌に効かせたるクギ煮でありし絶品なりし

山椒のぴりりクギ煮の届きたりきっと彼岸の貴方からだろう

ケイタイの山下真須子を削除せり溜め置きし水の栓が抜かれて

「寿司がおいしい」終となりしかの声が聞こえてきそう忌日のちかし

なぞめける言葉もろとも受け容れる器のかたちエゾエンゴグサ

マルバダケブキ

はしなくも御嶽噴火の日に登るその根つながる妙高山に
ことのほか真っ赤に燃ゆる紅葉と蒼穹のなか噴く山かなし

頂上に登りつめればまたつぎの頂上が見ゆ抜き出でて見ゆ

「そんなにも好きか」と問われ「死ぬほど好き」すかさず応う下山の最中

ダケカンバ白樺ともに共存すここ千二百視界あかるし

三世代縦に繋がり登りくる六人に会う大菩薩峠

雲を取りぬぐえる冬の雲取山空を支うる登山者われも

毒枯るるマルバダケブキ一帯の花絮と吹かるる風の尾根みち

尻尾より火がつくように駆けおりる七十代の落ち葉の坂を

岩稜はむかし男の無骨さよわれは魅かるる若き日とおなじ

まめさか

くちなしの咲けば蛇崩れみちたどる摩崖仏でゆき止まるみち

山菜の男料理がまわりきぬ弁当ひらく山のいただき

夏草の刈られし地蔵のあたりより下り坂見ゆひかる海見ゆ

「まめさか」とう旧へんろ路の山間で独り言せる地蔵にであう

山越えの生活道の残りいるういのおくやまきょうこえゆかん

元気坂、ひと想い坂、見返り坂名付けるカーブを上り下りす

傍らの登山リュックの大中小つかわぬかたちのしょぼくれている

棕櫚の秀の新葉は空の風掬い古葉は垂れたままに動ぜず

直登の岩這い上る尾根に咲く皇踏山《おうとざん》のキツネノカミソリ

「山の匂う会報だけは送ってね」サークルのひととの糸託さるる

天窓

海に上がる花火眺むるベランダに夫と息子の寄り来て立てる

精霊舟流せしあとのおだやかな潮に終日ヨットの浮かぶ

「釣り日和、祭り日和」と旬日を籠れる夫の庭に佇ちおり

わが路地の奥まで入らず神楽師の以下省略の笛の音ながす

坪庭の天窓ほどのそら仰ぎ吸いこまれそうだと楽しげに言う

露にひかるムカデを避けて通りしが戻りも避ける動かぬものを

わがまえを音たて土打ち飛び翔てる不意打ちくらうは私か鳥か

五分程速歩の足にひっぱられ木偶のようなる腕ふりあるく

猪の遊びし夜のどろんこに天ゆこぼるる時なし落ち葉

出歩くこと稀なふたりがこもごもに縁日の日の鐘を撞きたり

農村歌舞伎

万屋のワゴン車のきて楽ながす里がふうわりふくらめる刻

わんさわんさその丈のばす草藤が反語のような花をつけたり

喝を入れ呉るるにあらん喉もとをすどおりしゆく雉の一声

石の掌のゆび指すほうへくねくねの旧遍路みちひかりを誘《おび》く

背をたてて尻すわりたる行書の「書」明治の母の正座のかたち

山越えをして母と観しあの頃の農村歌舞伎の舞台そのまま

伝承の重さを手にとり触れてみる農村歌舞伎の衣装もろもろ

六十五歳以上は青の問診票色別さるるインフルエンザ

死者並ぶ終の頁より読めるわが町広報の活字痩せたり

枇　杷

おろか生えの枇杷の実うれてほーいほい空もびわいろほーいほい

ほーいほい誰かが呼びあう声のするはつなつ昭和の枇杷の実熟るる

里山の道沿い一帯枇杷熟るる平成の子はみな知らん顔

はつなつの季すどおりす荒畑の手のつけられぬ枇杷を残して

木の枝にまたがり枇杷を食べしころ島はもっとも元気だった

はつなつの素顔の友の持ちきたる袋掛けせるふくふくの枇杷

「茂木、田中どちらでも」と二種類の袋掛けせる枇杷をいただく

一代が農婦のままよと草を刈る友のすっぴん笑っており ぬ

一枚の半分ほどのわが菜園つづきに並ぶ荒田三枚

ひつじ雲

このあたり海底だった切岸の海照まぶしき柱状節理

わが島の南端にして磯岩のくろきかがやき太古につづく

挿絵入りナウマン象の島の地図小学生のころに見しもの

衰えず増えず岬に古樹となるチョウジガマズミがんばっている

あかねさす真昼をねむる句碑のもと大銀杏散る寺領はみ出し

ふっくらとハート型なる実をはじく大蘇鉄の花咲き終えたれば

三歩前二歩あとずさる老いの坂どんぐりぐいと踏みしめている

きり通し見ゆる養殖海苔網がゆだねておりぬ冬の群青

「新酒・森」島の地酒を供えあり放哉の供花枯れたるままに

ひとりきりの時間がはるか伸びゆかんひつじ雲に曳かるるままに

ハヤチネウスユキソウ

一茎に日をあび露あび咲ける日のハヤチネウスユキソウは懸命

蛇紋岩の隙間のヨツバシオガマの緋色に咲きて緋色の孤独

「好きです」とだれかれ言えず早池峰の花ことごとく引き寄せ撮りぬ

群生のナンブソモソモ吹かれつつ何ぞもそもそ孤孤につぶやく

ホシガラス生きの証の存在感シラビソの実がゆれているなり

海鳴りの音かと覚めて山小屋の夜のしじまの風のおときく

勉強をしようかなどと髭面がリュックより出す「早池峰図鑑」

イワギキョウ、チシマギキョウの濃むらさき最も愛する島のききょうを

山で愛で撮りきし花をまた愛づるわれの残生花というべく

水引草の白

白地図の昭和の村が見え隠れつつあがりゆく霧の平成

はしなくも行きつける「村」なくて杣の隧道口あけている

戦いに貫きし隧道そのままの口開けしずむみどりの季節

七十余年山に残れる防空壕戦わぬという武器詰め込まれ

坂道の先のなにかに向かっている内ポケットに歳時記入れて

わが膝を沈めるまでに草長けて地蔵は百会のぞかせている

島の浦つつうらうらのなまり言葉平成の子はだれも使わず

九月この山に違わず咲いている図鑑のどこかに挟まれし花

ひと刷けの紅にしだるるさきがけの萩のつぼみをもろてに受くる

寄せ植えの鉢にすっくと立ちあがる秋は刷かるる水引草のしろ

冬のサルスベリ

産土の馬場は懸命一斉にシャシャゲシャシャシャゲ太鼓の狂う

はやりおの昭和をドンドン打ち鳴らしむかしを攫う太鼓のひびき

十月の太鼓は島を熱くせり空を海を大地をひとを

太鼓台男の子にかわり少女子が乗り手になれる少子化なれば

ひとり観しプラネタリウム出であるく秋めくかぜにぷらりぷらぷら

ピーヒョロ鳴いた天へとすわれゆくわがシャメールは透明な秋

ポケットは大きめがよし吹かれつつ落ち葉がたまる右のポケット

舌にのせはじめて味わうサルナシの熟れ実にやまのとろける時間

落ち葉ふる坂道に沿いおそがけのヤマシロギク咲く冬のきだはし

なめらかな艶もつ冬のサルスベリつるつるてんに剪定さるる

冬　木

うちうみの沈黙、笑い、照り、翳りベランダに見てもう半世紀

「つれあい」という言葉は耳にこそばゆい男同士の談笑なれど

スプレー式醬油をつかう夫のいてなばなのおしたしつぶつぶにがし

つくり過ぎおはぎの冷凍気のひけるこの世のそとの目に見つめられ

若ければ若ければと言いながらマグカップ一杯にそそぐカフェオレ

一夜漬けの「漬けもの名人」とう瓶のからくりありやあかかぶ美味し

ひきこもり犬にもありて庭芝にころがっている遊具の骨が

ひきこもり歌にもありて火屋のなかあぶらまみれになりてはりつく

贈り主たりし自分と見つめあう遺品のなかの「草花図鑑」

短日とう季語は的確ひとり来て島南端の浜にあそびぬ

ひと息をいれるカーブの鼻に見ゆ冬木に透けるひとすじのみち

和紙

いちどきのみもざ、すもも、さくらばな旬日を咲きひとの喜ぶ

どてかぼちゃのイベントつづく巨大化に疲弊されゆくわれのふるさと

かご屋、たる屋、鍛冶屋の屋号獅子舞の秋の笛が攫ってゆきぬ

娶らざることにはふれずわが登山の四方山話をもりあげ呉るる

笑ってるか泣いているのかこの地蔵半年ぶりに草の刈られて

こぼれ島うみやまそらのおぼろなりあさきゆめみし四月ばかの日

『百歳』の詩集を声に出し読めば要介護三の涙こぼせり

思いの丈誰にか告げん購える石州和紙が雨季をよろこぶ

くもりのちゆきのちはれのそらあおし最年長の芥川受賞

緋目高

半開きの電話ボックスそのままの延長に咲く昭和のカンナ

これの世に見切りつけたるかわらそに乗じて島の「化け池」枯るる

いちはやく雨季の予報に裏山のかわず鳴きかう夜のくだちを

裏山に鳴きかうかわずに取り戻す留守の三日のわが家の空気

干潟時をつながる小島沖に見てそら高く干すベランダに今日も

十四を目に追う緋目高まだ二匹ほどが気になる庭の水がめ

長き夜の月ものがたり見据えいるうさぎになるまでのクレーター

ねこじゃらし猫の入れぬほど伸びてボーボー過ぐる一夏の空き地

夏から秋に息ながく咲くやまキキョウこぶりの緊まるあおむらさきに

残生はあらかた塗らるる下り坂まだのこしあるうすはなだいろ

庭の木にからまり秋をふかめいる旺盛なる性オーシャンブルー

阿豆枳

ものの音吸いつくしたる草原の二つの木椅子まぼろしに似る

真っ当に生きるほかなく地にぺたりこごみ寄りたり小さき花に

しら萩のひとえだ坂に咲き初めぬ登りに眺め下りに触るる

島に来しオペラを観終えキリシタン高山右近に連れられ戻る

「山のほかなにもみえない」古文書の高山右近潜伏地跡

巫女の舞う例大祭のひと振りの鈴が古事記の祖神をよぶ

国生みの阿豆枳神社に鈴をふる卑弥呼ににたる島の少女子

阿豆枳島《あずきじま》・小豆島《あずきじま》から小豆島《しょうどしま》空になぞればひびける阿豆枳

「大野手比売《おおぬでひめ》」古事記に由来の「大鐸《おおぬで》」という地名の里の農村歌舞伎

銀波浦

歳月の彼方へひとすじひいやりとあさきゆめみしミモザ咲きたり

ふたり暮らし十二所帯の路地の奥わが家の庭にミモザ咲きたり

万歩計の累計歩数に統べらるるもう長きこと独りの時を

ブロックの塀の向こうに首だけが空を見ているそらいろユンボ

世をまるめ吹かるるようなシャボンダマ認知しがたき言葉溢るる

高齢の後期は高貴の域なのだ五つ年上の夫の言うなり

期の一字置き替う後喜高齢者これよりわれの喜びありや

深鍋にぷつりぷつりつぶやける六十分ほどいちごを煮れば

朝採りのねかせ置きたる苺煮る掬えるだけの灰汁を捨てつつ

十二所帯ふたり家族になる路地の看板「銀波浦山の手通り」

巻き戻し効かねば忘れられてゆく「銀波浦バス停」売店も

あとがき

古稀の第二歌集『銀嶺』から喜寿を迎える節目を機に四百余りの歌を納めました。『銀嶺』から七年、引き続き登山に勤しみながら歌に託せる年月は意外に早く、目標の百名山達成に六座を残すのみとなりました。現在元気な内にと第二歌集以後の作を並べてみましたが、貧弱なものとなり恥じいる思いです。

〈歌を覚えたころ「歌は作者という人間と対等のもの」その意味を理解したくて歌の道を歩き続けた。途中、幾度もなく答えを得ながら、いつしか七十年を過ごしてきた。それは「行きて帰る」のはてしない繰り返しだったのだ〉橋本喜典歌集『行きて帰る』のあとがきのなかで出遇ったこの「行きて帰る」の言葉が、私の思いのなかで今後への示唆を与えて呉れています。

題名の『銀波』は集中の一首

　十二所帯ふたり家族になる路地の看板「銀波浦山の手通り」

によるものです。

私の登山を黙認してくれた夫が最近体調を崩して気弱になり始め、半世紀を過ごしている今の住居、強いては島に生きている様を、今一度外からの目線で静かに見てみたい、そんな年齢になったことなど、思いは深まるばかりです。

この集を編むことが出来ましたのは、「音」創刊以来、変わらぬ助言ご指導をして下さいました玉井清弘氏のおかげです。『銀葉』から『銀嶺』そしてこの度の『銀波』までをお世話になりその上過分の帯文までいただきました。喜寿を機に歌集を編む幸せを感謝して厚くお礼申しあげます。

香川支部、「音」の皆さま、これからもご指導のほどよろしくお願い申しあげます。出版に当たりましては、今回も砂子屋書房の田村雅之氏にお願いしました。つつしんでお礼申しあげます。

二〇一八年二月三日

大谷多加子

歌集 銀波 音叢書

二〇一八年四月一日初版発行

著 者 大谷多加子

香川県小豆郡土庄町 一二三五—三 （〒七六一—四一〇六）

発行者 田村雅之

発行所 砂子屋書房

東京都千代田区内神田三—四—七 （〒一〇一—〇〇四七）

電話 〇三—三二五六—四七〇八 振替 〇〇一三〇—二—九七六三一

URL http://www.sunagoya.com

組 版 はあどわあく

印 刷 長野印刷商工株式会社

製 本 渋谷文泉閣